KB164428

사랑할 때와 죽을 때

사랑할 때와 죽을 때

황 학 주 시 집

창비

차 례

제1부

얼어붙은 시

한사람의 젖어가는 눈동자를
한사람이 어떻게 떠올리는지 모르지만
사람들은 사랑한다고 말한다
그러나 과거를 잊지 말자
파탄이 몸을 준다면 받을 수 있겠니

숨 가쁘게 사랑한 적은 있으나
사랑의 시는 써본 적 없고
사랑에 쫓겨 진눈깨비를 열고
얼음 결정 속으로 뛰어내린 적 없으니
날마다 알뿌리처럼 둥글게 부푸는 사랑을 위해
지옥에 끌려간 적은 더욱 없지

예쁘기만 한 청첩이여
목이 떨어지는 동백꽃처럼 좀 아프면 어때
아픔은 피투성이 우리가 두려울 텐데

순간마다 색스러워질 수 있는 것

그 모든 색 너머 투명한 얼음이 색색으로 빛나는,
색이 묻어나지 않는 색의
기쁨인 그것들

우리는 대못 자국 같은 눈빛이
맑디맑게 갠 다음 무엇을 보는지
여간해선 짐작 못한다

그렇게 협소한 세상이 한사람에게 있었다

숨도 쉴 수 없는
행복하게 외로웠던 순간들을 안녕,
이라고 괄호 쳐두면
운명이 생각하는 시간에 대해 낙인에 대해
급기야는 우리에게 보석이 되어버리는 불취(不取)에 대해
한번은 물어줘야지 싶다
오래 말린 곶감 속에 감씨 하나로 앉아 네가 울고 있을
것 같았고
가시나무에 여원 등을 치대고 있는
내 기다란 그림자—— 등뼈에 대팻밥처럼 보풀이 인 채 휘
청이는 것도 같았다
사막보다 더 캄캄한 바깥을 보았으면 해서
우리가 커튼 안으로 숨어든 것을 일테면 예정설로 묶을
수 있나
누구의 것이 된다는 마음의 시큰시큰한 통각만 아니었
다면
마른나무 열매처럼 또르르 그저 굴러간 것인데,
커튼 뒤에서 막 사랑을 시작하려는 순간

누군가 부를 수 있다 한사람은 밖으로 나가야 하는

황량한 사막 커튼이 동시에 열리는 자정의 문밖이 있다면
문틈으로 영혼 상한 그림자를 끌며 나가
나는 책장을 펴고 낭독을 시작하리라
알아주렴 당신과 나 사이에 구원이 있었다

무덤으로 쓰다

피 묻은 아담한 자여
홑이불을 덮듯
혼자를 뒤집어쓰고
자기가 자기 무덤 할 수밖에 없는
그런 세월을 지나갔구나

일생을 다 소진한 후
무덤이 되어 돌아가는 자의 입에 대해 묵상한다
너와 나로 나뉘어 찾아온 우리의 슬픔에 대해

생(生)이라는 이름으로 싸이렌 울리며 출동한 업이여
누군가의 마음에서 피 지우는 데 몇십년……
남아서 오지 않은 말이 식는 데는?

겨울 여행자

어느날 야윈 눈송이 날리고
그 눈송이에 밀리며 오래 걷다

눈송이마다 노란 무 싹처럼 돋은 외로움으로
주근깨 많은 별들이 생겨나
안으로 별빛 오므린 젖꼭지를 가만히 물고 있다

어둠이 그린 환한 그림 위를 걸으며 돌아보면
눈이 내려 만삭이 되는 발자국들이 따라온다

두고 온 것이 없는 그곳을 향해 마냥 걸으며
나는 비로소 나와 멀어질 수 있을 것 같다
너에게로 가는 길을 찾을 수 있을 것 같다

사랑은 그렇게 걸어 사랑에서 깨어나고
눈송이에 섞여서 날아온 빛 꺼지다, 켜지다

백야

자작나무를 북쪽이 모두 받은 듯한 백야, 파장의 티가 나는
바다가 나오면 바다밖엔 보이지 않는 도수까지
거의 갈 뻔했다
졸시 한편이 추방될 나라를 찾는 동안
백야 안에서 바다를 향해 별이 끄는 나는
뚜벅거리며 하나 같은
두개의 바다를 보는 것 같다
태양이 지옥을 가로질러가는 잿빛

내 넋은 백야에 빠져 죽게 되나 싶어도
백야는 바다를 다 덮지 않는다 장미 한송이가 어두워질
때 들리는
파도 소리를 철썩거리며 듣고 있다 눈을 감고 있을 때의
색깔로
백야는 해 뜨기 전이나 해 진 후의 뒤를 밟는다
전에 알던 사람의 알지 못하는 상처 같은
그리하여 백야는 얼마나 섬세한가

창백한 그 빛이 마당비로 넋을 쓸듯 길고 쓸쓸하다면
파장의 문 앞까지 왔다는 생각과 사귈 수는 있겠다
백야 밖으로 한 발은 반쯤 슬픈 경사면으로 나와 있겠다
보이는 것도 보이지 않는 것도 끝이 아닌
백야의 지옥 같은 도수 앞에
홀로 설 수밖에 없다 저렇게 오래 무너지고 있는

아직 한번도 못 본
한사람을 위해 유랑하고 있는
시여
한 풍경을 위해 두개의 풍경을 인화하는 백야의 나라까지
와서 부딪는다

사랑할 때와 죽을 때

나는 겨울을 춥게 배우지 못하고
겨울이 모일 때까지 기다리지도 못했지만

누가 있다 방금 자리를 뜨자마자
누가 있다 깍지 속에서 풀려나와 눈보라 들판 속으로 들
어가는

사랑이란
매번 고드름이 달리려는 순간이나 녹으려는 순간을 훔치
던 마음이었다
또한 당신의 눈부처와 마주 보고 달려 있었다

이제 들음들음 나도 갈 테고
언젠가 빈집에선
일생 녹은 자국이 남긴 빛들만
열리고 닫힐 것이다

그때에도 겨울은 더 있어서

누가 또 팽팽하게 매달려 올 것이다

자유를 춥게 배우며

그 몸 얼음 난간이 되어

보내는 마음

떼베짜는새*가 떨어질 때 머물던 가지는 휘어져 있었다
눈이 아프도록 작은 새의 혈흔을 기억하기에는 늦은 저
녁이고
새의 눈빛을 그리는 말 중에
숨소리 낮은 잎들은 떨어져내렸다
떼베짜는새는 거꾸로 매달린 사막 고아원의 재롱둥이

무성히 휘어진 기형을 받친 밑동
나무는 가지마다 이름표를 단 근황을 보여주었다
발밑의 고요한 숨결을 자식으로 덮고 있었다
한개비의 성냥불마저 꺼진
걷기는 마냥 헐겁고 터져
나무마다 새가 떨어졌다

그 뒤에서 바람은 새의 날개뼈를 통과하며 깃발처럼 울
었다
보내는 마음이 보내는 마음으로 보일 때까지
가지에서 찢어지며

떼베짜는새는 떼베짜는새들 옆에 누웠다

* 남아프리카에 서식하는 멧새과의 작은 새. 수백개의 방으로 된
  둥지를 함께 지어 집단생활을 한다.

바람의 분침

바람이 처음 깨워주었을 때
그땐 우리 몸을 아직 찾지도 못했거든
어둠의 낭송자가 지나가듯이
불어오는 데서 불어가는 데까지
물려받은 얼룩을 빼려는 어린 얼룩의 영토는
바오밥나무 고아원 앞에서 간신히 멈추었네

나무로 된 신을 신고
나무로 된 밥을 먹고
나무로 된 책을 읽고
나무로 된 약을 바르고
나무로 된 방에 들어
나무를 몸으로 만진 게 처음이었던

나무로 된 무덤에 눕는 바람
죽음이 아물지 않아 비명으로 새긴 바람에 대하여

안면마비 얼룩을 어머니로 가진 어떤 세월이 말해주었네

시침에 대하여 고아인 시간과
분침에 대하여 고아인 시간에 대하여

자신보다 더 바싹 마른 몸속으로 퇴장하려는
고아의 고아들이 붉게 충혈된 눈으로 울음을 터뜨린 거기

말한다, 나의 아름다운 우주목

귀담아들으라는 말을 들었다 오래전에

밥 차릴 수 없고
빨래할 수 없는 말이지만
혼자 사는 누군가의 고봉밥이 되던
한바가지의 말, 닿지 않는 등을 시리게 씻어주고
그만 자거라, 불을 끄기도 하는

한밤 찬장에 엎어둔 사기그릇이나
뚜껑을 열어둔 쌀독 같은 데서
들려오는 소리 같다
귀 담 아 들 으 라
문지방을 넘다가 걸리는 아주 낮고 여린 목소리

가지를 잘라주려던 늙은 동백나무 뒤편은
햇빛 잘 드는 앞쪽과는 사뭇 다른 언어권이다
거기서 가지들은 종일 고쟁이 그늘을 입은
헐렁한 수준으로 말한다

그리고 몇해 동안

이 집 중앙의 아름다운 고목은

열여섯 꽃띠 시절을 내 앞에 데려다놓곤 운다

거울 앞에 자주 멈춰 선 느린 기억 뒤에

갈래머리로 앉아 있는 또다른 언어권

있잖니 여보세요 여보세요

한 얼굴은 떠오르지만 그 얼굴은 들리지 않는다

한 얼굴은 들리지만 그 얼굴은 떠오르지 않는다

다만 귀담아들었냐는 표정으로

당신은 떨어져 쌓인다

자신의 말을 자신의 귀에 모두 주워담아 떠날 날을 기다
리듯이

받아적으면 소설이여, 그녀가 말했다

서울 가는 버스에 뽀송뽀송한 구름처럼 타고 앉은
그날의 첫 장면
노래 부르기 위해 집을 떠난 그 아침부터가 소설이었을까
아무것도 눈치채지 못한 버스가
벚꽃 떨어진 환한 길을 따라간다는 것이
그만 어스름한 눈망울 속을 지날 때까지
어머니는 서서 누군가를 찾았다
사랑이 어머니의 음률만 아니어도 좋았을걸

여름 지나고 산노을 걸릴 때까지
구름이 어떤 구름이든 노래하고 사랑했던
당신은 내가 어떤 사람이든 그날 거기 있었을 것이다
한 사랑을 겪은 눈물이 두 사랑을 겪은 눈물이 될 때까지
그렇게 많은 이정표로 서 있어야 했다

떠나올 때 길고 굽은 골목길
오래되고 따뜻한 그런 길을 펴두었다가
이제 다시 어느날 어디서 만나야 하는 어머니가 노래 부

른다

　으슬으슬 쫓아온 생을 받아주며 얼마나 붙들고 울었기에
소설이 그렇게 길었을까

　노래는 쉴 수 없었고

　피 흘렸지만

　정작 피는 아플 겨를이 없었던

　에필로그의 마지막 문단, 다시 돌아온 그날의 첫 장면

　서울 가는 버스에 마른 구름처럼 타고 앉은

　아주 늙은 그녀가 노래한다

　징그러워라,

　받아적으면 소설이여

계단 높은 방

웃옷을 벗어 머리에 뒤집어쓰고
방을 찾아다녔다 흐린 불빛에

어느 모퉁이에선 빗물이 썩은 양파처럼 쿨럭이며 구르고
자정이 지난 방들은 산 정상에 있는 듯 문을 닫았다

계단이 높은 길은 나만 사용하는 느낌이었다
막다른 골목엔 도금한 가락지에 끼운 등빛이 있었고

빗방울이 빗방울 위에 다시 포개지는
비 내리는 계단에
나는 나와 이야기하는 사람으로 앉아 있었다

문 하나를 마저 닫아둔 마음 앞에
백번 무릎 꺾어 백개의 계단이 된
사랑이여 사랑들이여
산 정상과 네거리가 다르지 않은 듯하다*
펴지지 않는 길이 누군가의 육체가 되는 동안

빗방울들이 찍어주는 아린 통점들
작디작은 생의 피딱지들로
밤새 얼굴을 닦으며 나는 당신을 볼 수 있었다

세상으로 나온 젖은 영혼의 옷가지들이
불을 쬘 수 있는 계단의 내부를 지나
문을 잠근 채 자신의 외부를 껴안는
가장 높은 계단의 맨 끝 방까지

마르지 않는 빗속을 걷고 있는 사람
내가 기억하는 나와 닮은 사람이었다

계단이 높은 길은
오직 그만이 사용하는 느낌이었다

* 고봉정상 십자가두(高峰頂上十字街頭), 『임제록』.

감자꽃 따기

네가 내 가슴에 가만히 손을 얹었는지 흰 감자꽃이 피었다
폐교 운동장만 한 눈물이 일군 강설(降雪) 하얗게 피었다
장가가고 시집갈 때
모두들 한번 기립해 울음을 보내준 적이 있는 시간처럼

우리 사이를 살짝 데치듯이 지나가 슬픔이라는 감자가
달리기 시작하고
따다 버린 감자꽃의 내면 중엔 나도 너도 있을 것 같은데
감자는 누가 아프게 감자꽃 꺾으며 뛰어간 발자국

그 많은 날을 다 잊어야 하는, 두고두고 빗물에 파이는 마
음일 때
목울대에도 가슴에도 감자가 생겨난다
감자같이 못생긴 흙 묻은 눈물이 넘어온다

우리 중 누가 잠들 때나 아플 때처럼
그 많던 감자꽃은 감자의 안쪽으로 가만히 옮겨졌다

입술

우리는 서로 오래 속마음이던 입술을 댔다
같은 괴로움이었기 때문이다
고개를 돌린 채 배 위에 손을 올린 상한 수다들, 피 섞인
폭설들
염치 불고하고 그 늪 만져보는 동안
얼얼해진 입술은 은사시나무 하나에 젖어든 빗물을 악
물고

몸이란 캄캄하다는데 너, 몸 맞아?
말해버린 다음에는 소용이 없고
누구에게는 안 보이는 곳이지만
입술 안쪽에 깨물린 두근거림이 산다
둘도 하나도 아니며 그 중간도 그냥 둘을 합친 것도 아닌

아마도 생(生)이라는

입술에 대하여 입술로 우리는 지극하게
앓았다

곳과 것

바람이 투명한 새처럼 내려와
우물가로 장독대로 돌 곁으로 갔다가 온다
낙엽 구르는 소리
모아다놓는다 뜰 주위에 가득

오래 구애를 한 곳에서
소리는 빛을 구부린다
모든 해가 짧아지는 계절

너는 가고 싶었고
네가 없었던 곳의 둘레엔
촛농이 흐른 내 입술이 있다
일테면 하필,이라 불리는 이것과 이곳

물집 생긴 더운 말들이 가지 끝에서 가늘게 떨리는 그때
우리가 사랑하지 않아서 돌아서는 건 아니다
낙엽을 굴리는 투명한 새의 작고 쫑긋한 발들에 대해
그 작은 발들이 디뎌온 곳들에 대해

것들을 건너온 곳들
그곳을 구부려 그것에 닿는
시간에 대해

천년 동안 내내 필경사였던 기억처럼
그곳이 있고 그것이 있다
그것이 있었고 그곳이 있었다

종종 잎사귀에 빙하의 얇은 혀를 씻는
네가 지나간다

반지하의 눈

잠이 오지 않아 눈을 뜨고 누워 있었다
반지하에서 일하러 나갔다가
반지하로 돌아와 누운 연장처럼

반지하 방 앞으로 기차가 오고 갔다
눈 쌓인 내 반지하보다 높을 수 있지만
면적이 없는 사람들의 화물을 실어 나르는 하루도 지났다

가야 할 길이 먼데 벌써 가버린 것 같은
용도가 사라진 오래된 하루가 선로 밖으로
떨어지곤 했다, 거짓이 된 평등처럼

모든 연착이 지금으로부터 몇분 후 모습을 드러낸다 해도
모든 계단이 출구로 이어지는 것은 아니다
이루어지지 않은 이동으로 붐비는 계단들
눈에 섞여 날아가버리는 햇살 부스러기들

그 때문에 슬퍼하지는 말자고

반지하보다 먼 곳에 어둡게 살는지도 모를
여생을 향해 낮게 속삭이는 동안
눈꺼풀이 천천히 내려와 반지하처럼 감긴다

내 눈은 이제 지상과도 지하와도 경쟁하지 않는다
세상에 아직 남아 있어도 좋은 반지하라는 듯이
그늘의 숙성이 짙어가는 나의 반지하,

어둠의 음계를 밟고
평등하지 않은, 물이 빠진 아침이 간신히 지상으로 올라
간다

해변의 소

비 오는 해변이었다
화염병을 다 써버려
배운 말을 모두 발 앞에 모아놓은 청년처럼
헐벗은 소가 서 있었다

비 젖는 등에서 부싯돌 부딪는 소리가 나
마치 낙엽 타는 냄새 속에 오는 저녁만 같은데
해변까지 파고 내려온 건물들 속에
소는 제 논이 어딘지 모르는 농부 같았다

불에 탄 타이어로 바리케이드를 친 듯
눈을 꼭 감은 채
꼬리로 제 잔영을 쓸어내리는 야윈 소 옆에
우의를 입어 미안한 나는 한동안 서 있었다

밀물과 썰물 틈새에서 환영처럼 열리고 닫히는
그을음 같은 시간들,
분홍 간(肝)을 꺼내어 해변 덕장에 말리는

비 오는 날의 한뭉치 비애가 이렇게 왔다

살아 있다면 한곳에서 만나게 될 시간을
기다리고 있다는 표정으로 소는 묵묵했다
바리케이드 앞에서 서로 장대비를 만났을 뿐이라는 듯

소의 깊은 눈 속 잿빛 빗방울이 오는 길에 밀물 들고
같은 길로 몰려올
헐벗은 빛의 시간 속에
잠깐 보이는 길을 나는 문안했다
지구 반대편의 해변에서
꼬리를 터는 빛의 방울에게도

제2부

만년(晩年)

조용한 동네 목욕탕 같은
하늘 귀퉁이로
목발에 몸을 기댄 저녁이 온다

만년은 갸륵한 곳
눈꺼풀 처진 등빛, 깨져간다
눈꺼풀이 맞닿을 때만 보이는 분별도 있다

저녁 가장자리에서
사랑의 중력 속으로 한번 더 시인이여,
외침조차 조용하여 기쁘다

하늘 귀퉁이 맥을 짚으며
물 흐르는 소리에 나는 웃음을 참는다

땅거미와 시간을 보내는
혼자만의 땅거미 무늬가 내게 있다

맑은 개천처럼

언덕에 가건물들이 있고 마른나무가 있는데
높은 계단을 꿈으로 끌고 걸어야 하는 사람이 보인다
작은 진료소가 있고 아물지 않는 아이들이 집으로 돌아
간다
알지 못하는 곳으로 우듬지 위가 있고 뿌리 밑이 있다
암탕나귀들이 있는데 어머니들처럼 종일 안 마시고 울어
도 눈물이 난다
팔짱을 끼고 비스듬히 벽에 기댄 질문이 있고
다리를 쭉 편 대답이 있는 그늘 밑
새떼처럼 말 안 듣는 희망을 조작하는 가난한 선생이 있고
거짓 생신으로 태어난 평화를 기념하는 군인들이 있다
좋아서 입 벌리고 넘어가는 텅 빈 연기가 있다
비가 오는 기적과 오지 않는 기적이 매듭처럼 얽히고
가시덤불 속에 맑은 개천처럼 피 흐르고

아란의 정오

아란*은 보이지 않고 절벽의 하초(下焦)만 파도 속으로 내려가고 있는 정오였다

비안개는 올라오고 나는 뛰어내릴 것도 아니면서 익몰(溺沒)의 뜻을 생각했다
영원이란 지붕을 위로 두는 것이 아니라 밑으로 두는 가장 가난한 삶의 시간이다

뛰어내려서 붙잡은 죽음이 있었다는 이야기는 들어본 적 없으니 깊고, 내생(來生)이 옥색(玉色)으로 비었다 해도 좋을 아란의 정오, 기어이 직각으로 허리 꺾은 한 생애를 소나무는 물 위에 가파르게 세운다

물 위에 세워진 부분은 물의 파인 부분
그곳을 중심으로 아란의 새는 부화하고 날아오른다

* 아일랜드 서쪽에 있는 작은 섬. 100미터 높이의 절벽이 두르고 있다.

아란을 돌아나와 아란에 닿다

길어서 모퉁이를 못 가진 절벽을

아란이라 부른다 눈이 아프도록

어린 새가 솟아오르며 부리를 깨뜨리는 아란

점자 절벽 같은 까마득한 생을 지나기 위해

젖은 모래시계를 베개 삼은 늙은 새의 그림자는

해변에 흩어져 뒹굴고

한번씩 두 발을 찼다

날숨과 들숨의 행간 같은 삶과 죽음을 향해 한번씩

두 발을 차듯 눈을 곤추떴다

아란, 흰 그림자 지는 절벽

비와 바람과 안개가 쉬지 않는다
눈이 의심스럽다는 말이 아란……이라는 말로 믿어지는
절벽은 함구하지만
터엉, 뿌리째 울리며 종일 파도에 묻어나간다

그사이
일렁이는 흰 그림자에 이끌려
절벽 위로 떠오르는, 사시(斜視)의 눈부심
어린 겨울 여행자여
눈동자에 살고 있는
부서지는 눈동자를
기억하기 시작한 작은 새

절벽 안으로 솟구치는 오래된 마음이 들려준다
이곳의 진짜 주인은 작고한 새의 그림자
아란에선 새의 그림자야말로 고독하기 위해 날개를 접지
못하는 진짜 새 같다오
천년 자작나무 씨앗을 불며 바람을 타는 부서진 날갯짓,

젖지 않는 흰빛을 가로지른다네

절벽 밖에서 절벽 안으로 전향하라는 듯
비와 바람과 안개가 쉬지 않는 아란,
본 후에는 운명이 되어버리는

혼자라는 조건으로
절벽에서 새 한마리 하늘을 덮치다
절벽 안으로 날개를 접는다

보이지 않는 새를 활공시키는
그림자가 자라고 자라는 아란

입술은 흐릿하게 그 저녁에

손으로 쥐고 입에 물 수 있는 노래를 원했으나
인생은 점점 희미해진다
입술은 제자리에 박혀 있으나 식고
두 입술 중 하나는 온도 차가 있어 바람의 편도이다

손으로 짚듯이 당신의 입술은 마르고 금 간 데를 보여준다
낙타 털 속에 낙타처럼 살고 있는
망각은 거기에서 입김처럼 흘러나왔으리라

자신의 점괘를 가지고 있는 입술
단추 떨어지는 숙덕거림까지 알아들을 것 같은
어머니의 입술은 옹알이하듯 속으로 돌아앉는다
침 흐르는 쪽으로
늙은 아들을 부르며

어느날 시간의 벽지에 눈보라로 찍힌 입맞춤을 가만히
닦아내야 한다
신의 입술을 향해 어머니의 입술이 포개지는 그런 날

이편 호흡이 저편 호흡으로 건너가는 것이리라

두 입술이 하나의 입술로
공평한 수평을 만들어간다

암흑성(暗黑星), 투명

검지가 살며시 지문을 대는 듯한 입술이었다
검은 투명……이었다고 말하고 싶다
둥근 가슴이었다고 말하고 싶다
무덤 옆에서
평생에 걸쳐 젖을 다 짜낸 듯한 시간에
그 말이 이러했다
……애야, 너무 아프면 그냥 집에 오면 된단다

검은 투명……이었다고 기억한다
다리를 건너면 오동나무집은 물을 헛딛고 있는 형세였다
문을 열면 방 안에 핏기 없는 투명이 파닥이고 있었다
한사람의 산모가 공중에 제 웅덩이를 낳는 중이었다
나는 오랜만에 장항아리들의 뚜껑을 열어두고
부엌 시렁에 청수를 올려두었다

투명은 원래 검은빛에서 나고
오동나무집 안에서 암흑은 무늬가 낳은 무늬처럼 흘러내
렸다

온몸은 끝끝내 불덩이였지만,

이불을 둘둘 만 언 강이 조금씩 몸을 풀 때

상처 난 별들은 검은 물에 헤엄을 치며 떠 있었다, 그런 날

……애야, 너무 아프면 그냥 집에 있으면 된단다

달맞이 고개

집에서 나간 몸이 자꾸만 찾아오는 바람에
독보로만 갔다 온 거기
독보로 울다 만 여기

내 몸에서 나오지 못한
여기 아닌 몸이 있을 텐데
오늘의 만찬은 빈 바다에 군불 지피듯 아득하여
건너편으로 자리를 바꿔 앉는 등 굽은 바람에게 물었네

잊어버린 주소를 찾는 데는 달빛만 한 게 없어
사랑을 잃으면 새들은 달맞이 고개에 깃들이지
……그리하여…… 맞이한다는 말은……
너에게로 아주 달려가버리지는 않은 채
네가 잘 찾아올 수 있게 기억을 잘 열어둔다는 것

나는 바람의 말을 경청하며
달빛 무명 몇필을 흰 파도 잔등에 묶어주듯
가슴에 흰 돌 하나 올려놓고 잠을 청했네

가지 않으려고 했던 몸과
오지 않으려고 했던 몸을 위하여

짝

어둑해져 도착한 마음은 붓끝을 꿈결에 두었다
감은사지의 뼈를 묻었는지
낮의 문장과 밤의 문장 사이 오래된 초승달이 떴다

가끔은 서로의 문장들 팍삭 깨지기도 하는
동탑과 서탑
심장을 싸맨 채 우는 날도 있겠으나
견딜 의사가 있는 자세로
돌 안에 타인의 악기를 둔 마음으로

저마다 감은사를 가진
세상에 나간 적 없는 바깥을 아득한 거리로 펼친
동탑과 서탑을 실로 묶으며 나는 돌았다

두개의 탑 사이엔 여전히
한번도 가진 적 없는 문장이 놓여 있었다
행간,이라는 말의 팽팽한 적요
문장 이전의 문밖으로

맨발을 조금 보여줄 뿐인

내세(來世)

손가락을 빨며 왔으니
누구나 손가락을 빨며
내세에도 들어가지 않을까
내세에도 태어나는 것이라면

여행자는 극지까지 결핍의 발자국에 이끌리는 것으로
내세를 지나지만

어쩌면 믿고 믿은 사람이여
내세가 안 나와 한없이 뒤로 가는 사람에게
여권을 펼쳐 도장을 찍어주듯 내세가 온다면
보지 않고 믿었지만, 좋겠네
모두들 같은 내세에 가는 건지는 알 길 없지만

배가 고파 죽어간 아이가 있다는 걸 믿지 못하는
배가 고파 죽어가는 아이에게도
손가락은 열개

오늘도 검고 마른 젖가슴을 짜며 가시나무는
큰아이의 내세를 지나 작은아이의 내세로 가고

갓난아이가 이제 막 손가락을 빨러 오면
부디 내세는 현세를 함께 견디기 시작하고
신이 돕듯 인간은 신을 도와다오

살구 떨어뜨린 살구나무처럼

뼛속이 둥글어져
하천을 따라 들어가는 새처럼
계절이 온다

다리 밑까지 푸른 갈대를 늘려간 바람 소리
살구나무 잎 하나를 물에 띄워놓는다
내게는 단검을 박아 붙어 있는 잎 하나가 있다는 생각을
해낸다

사인(死因)이 없는 이별을 수락해야 하는 때가 온다
저절로 살구 떨어지는 시간

당신 없는 곳으로 가는 여행 중이다
살구씨를 찍어내며 별이 반짝인다
하늘염전 사내의 구부정한 등골 얼비치고
배슥하게
수차 소리 들린다

내 사랑은

꽁꽁 언 살구꽃으로 피었다 돌아간다

올로마이야나와의 여행

이발기가 목덜미 위에 얹힌 듯
아이는 약간 고개를 숙이고 걸어나왔다
군화를 신은 형이 뒤에서 목을 누르며 밀어주었다
　그사이 나는 아이의 눈빛 물그림자에 어룽대는 메아리를
보았다

옥수수죽이 떨어지는 주말 저녁은
대지의 어떤 실패작도 먹을 수 있는 아이들을 원하고
아버지를 찾아다니면서 어머니도 모르는 아이를
기르는 바람과 자갈과 모래는 남아돌았다
흔한 일은 아니지만 출발점이 없는 걸음도
모래에 빠지지 않는 발바닥도 있는
알 수 없는, 어디라고 할 것 없는 사막과
돛대가 홀로 꽂혀 있어본 적 많은 사막들
대지를 딛고 끝을 향해 떠난 사람 말고는 끝을 생각할 수
없어
아이는 바지 속에서 발을 절며 형과 작별을 나눴다

구릉 중턱을 도는 긴 길은

이 길을 간 아이들과 염소를 기억하고 있다는 느낌이 들고

나 같은 노인이 찾아와 초에 불을 붙인 밤을 이야기해주
는 듯했다

아이는 힘들다는 말을 몰랐지만

눈이 신 원생들의 이름을 하나씩 차창에 쓰고 지웠다

사는 동안 미리 죽기도 하는 사람들이

묵은 뜰채를 써서 아침을 건져올리는 동안

곯은 수박 같은 달이 지붕 위를 구르는 중이었다

* 올로마이야나는 6년 후 탄자니아 다르에스살람대학교 학생이
  되었다.

목포

양철지붕 위로 덜거덕대는 별밤을 노래하며 살았지
신발을 벗어들고 별과 별 사이로 공을 몰아오는 비명,
살 스치는 소리가 문신(文身)에 닿는 동안
우리는 비가 와도 불을 끄지 않는 목포
항구까지 가고 싶었다

수난곡을 듣는 푸르스름한 별과 별 사이
공중에서 몸을 뒤집어보려는 듯 바닥이 없는 뜀을 뛰기
나 하며
먼 곳만 겹쳐져 있는 먼 곳
종점을 옮겨다니다 벽 앞에 내리는 우리를 안고
양철지붕은 섬처럼 어두워지곤 했지
우리가 형제라는 사실은 아무도 모르고
화를 낼 땐 아버지도 가끔 혼동하는 것 같았다
우리는 신기루처럼 언뜻 보일 사람인지 몰랐지만
왜 우리였는지 몰라 밤에도 대낮처럼 환한 목포
항구까지 가보았다

올려다볼 게 없어 훌륭했던 곳
눈앞이 눈물일 때까지 간 곳에서 귀를 대자
적십자병원 뒤쪽이 하얗게 출렁였다
처음으로 푸른 바다가 몸에 들어 있는 놀라움을 고동 소
리처럼 들었나보다

걷고 싶은 높이까지 띄워진
고하도(高下島) 모서리에
차갑게 걸린 샤워기 같은 눈 붉은 달이 보았을 텐데
배가 지나듯 벽이 지나는 순서는 되삼키는 시간과 연하
여 있었다
울고 웃고, 희고 검게, 재미없는 벽들이 다 나와 지나가주
던 날
목포는 물의 잔뿌리들이 엉켜 이루어진 섬들의 천체
잘하면 발부리로 굴릴 수 있을 것도 같았다

오늘도 우리를 밀어주던 별들과 벽들의 명운은 교차하고
지금은 남은 벽도 몸 안으로 들어온 날
그다음 날

고흥

눈이 오면 너는 일어나 나갔지만
눈이 오면 나는 옆으로 누워
고흥으로 떠난 적이 있다

뒤척거리는 새의 부리처럼 누워
내리는 눈발
눈의 발
거기 남은 몇모금 온기를 찾듯이 누워 젖는 몸은
너의 발 앞에 놓여 있던 발자국

혹은
멀어져가는 줄 모르고 다가가는 길을 그리던
약도였을 텐데

누대에 걸쳐
붙잡고 싶던 밤눈 속의 연애란
바깥세상 어디엔가 부리를 가져다대는 일
여기선 제발 말하지 말라고

눈이 오면 나는 옆으로 눕고

바닷가 눈 오는 공중
성냥불이 켜지는 캄캄한 내 문장의 생가
그 오래된 방문이 열릴 때
희끄무레 낡은 신발이 몇걸음
내 영혼의 어딘가를 가로질러 오면

말해도 돼, 이젠
내 꿈 밖으로 달려나가 눈송이를 맞는
그 한송이의 초점으로

고향
고사목

송아지를 팔고 가는 눈길이 있었다
눈 녹은 물 속에
작은 식물 같은 그늘이 있고
울먹임이 길에 고여 흘러내렸다

담쟁이넝쿨에 기댄 담벼락이 있었다
멀리 노을 사이로
한 눈송이가 한 눈송이를 안고 있다가
담벼락에 와 부딪쳤다

그냥, 넘어진 자가 있었다
멍이 든 채 담벼락 밑에
눈 녹은 물이 고였고
오래된 그늘이 제 속을 비추었다

슬레이트 지붕 밑엔
세숫대야에 더운물을 타 발을 씻기는
낡고 늙은 당신이 있었다

울먹임이 나이테처럼 간간이 넘쳤다

필동

남산 끝자락에 갈필을 흉내낸 골목들이 있었다 사라지는 먹향을 좇는 사람처럼 나는 하숙집에 들곤 했다 저체중으로 출산된 산새들이 종종 하숙집 뒷마당에 나타나고 새들의 밥 먹는 소리가 나는 좋았다 음계에 대해 늘 허기졌지만 하숙집엔 울어서 눈이 보이지 않게 된 남자의 노래가 있고 곡이 없는 새들은 그냥 따라 울곤 했다 주인집 남자는 오늘도 늦다 걸어서 돌아오지 못하고 업혀 오는 혼잣말을 듣고 있으면 분노란 꼭 누구를 겨냥한 것이 아닌 것도 같았다 하숙이란 남산 아래 잔다는 뜻이었고 몸이란 흠집은 언제나 바닥 잠을 잔다고도 했다 야경뿐인 밤은 흐린 먹선으로 그린 일용공의 손금을 배 위에 얹어주었다 손금 밖을 나가지 않는 갈필이었다

하숙집을 떠나는 날 비 오는 필동은 먹빛 꽃잎을 토하듯 흙탕물이 넘쳤다
정든 방황이 없다면 하숙할 곳이 없었을 것이다 제일로 길 안쪽이었다

제3부

낙과의 꼭지

흐린 날 개어귀에 햇살 비칠 때
박차를 가하던 필생이 툭, 떨어진다
단 한줄의 소리도 없다

결심을 해체한 순간의 육체
바닥까지 숙이고 남은 듯한
모과 꼭지

바로 직전까지 쌓던 그 많은 열심은
마치 모과가 아니었다는 듯
꼭지는 마르고

흐린 날 개어귀에 평심의 햇살
그 무선(無線) 한줄은
더이상 손볼 곳이 없다

태양풍 속으로 날아간 낙과의 중심

어느날 입에 봉지를 대고 울었다

푸른 갈대숲이 수런거리며 내 이야기를 한다
한 마음의 칼을 딛고 오는 길인
노래여 새벽바람이여
어느날 입에 봉지를 대고 토하며 울던
어떤 변심
'나는 혼자'라는 그 변심을
벽간(碧澗),이라 불렀다

연근,이라는 말의 뿌리는

치마를 발목까지 펴고 앉은
연근 파는 행상의 발 앞에
나도 따라 앉는다
갱지를 까는 볕이 조심스럽다
우리는 마주 앉아 있다
마주 보고 있진 않지만
연근을 고르며

내 손이 가만히 스친
그녀의 손가락 끝,
어디서 본 듯한 마음이란
저 손가락 속으로 따라 들어가보진 못하고
연근 구멍이나 만져보는 일인데

엄지손톱이 빠진 먹먹한 연근을 고르듯
더듬거리며
동그랗게 모여 자란 여러개의 허공을 만져본다
진펄에 박혀 자란 무한의 간격을

무한으로 밀며 나오는 가시연꽃의 바닥을

꽃이 줄기 속으로 다시 파묻힐 때가 오겠는데
저 발이 밟고 앉은
까마득 안 보이는 된비알에서
꽃이,
수득수득해진 오래된 사람
제 눈망울을 들여다본다

많은 잠깐들

혼자 있을 시간이 된다 옆구리에 뜨거운 밀떡을 붙이고 부스럭거리는
비가 새는 지상에 부스럼을 앓는 나는 있다
나를 다치게 해서 살게 해주었던 계절들은 물방울 화석처럼
놀랍고 좋은 질문이다

지저귀던 새와 우울한 벤치의 오전과 오후는
울다가 어디로 간 당신을 배웅한다
나는 질 좋은 행간을 들고 방문하고 싶은 우주를 며칠 가진 적 있다
낙숫물처럼 내 한쪽 눈에서 도르르 떨어져내린 것 같은

비는 긴 휘파람이 끝나고 다른 휘파람이 시작되는 방황에
가장 어울리는 걸음

빗속의 나무는 침례 받기 직전처럼 떨린 적이 있다
베개 밑에 둔 물방울 하나를 나는 알고 있기까지 하다

힘주어, 시였다 해도
그런데, 꿈이었다 해도
다시 기억을 앞세워 찾아오지는 말아야 한다

나의 문리(文理)엔 이랑처럼 부스럼이 크고 심하다
별이 부서져 별들이 생긴다고 믿던 어린 날로부터
그리 멀리 온 것 같지 않다
둥근 잠깐들 사이로 잠깐씩 빛이 든다

올리브나무에 스미는 저녁 직전

칠 벗겨진 한낮이 마을 언덕을 덮었다
적막이 줄자를 끌고 교회묘지와 올리브나무 밭을 돌 때
누구에게나 삶과 죽음은 일대일이다
한번쯤 싸인을 하다 태양이 볼펜을 떨어뜨리는 죽음은
있을 테지만
여기서 나서 오래 모여 잠시 번다 올리브나무 뒤쪽으로
가는 길이다

나는 가장 오래된 농부 앞으로 가
앓던 말 같은, 닳은 손가락뼈 한 가지를 만져본다
그 마르고 비틀린 별자리에 검은 별빛이 세심하게 쏟아
져 익어간다

꽥 소리를 지른 다음
나 대신 아직 한마디도 하지 않은 그날의 사랑이여
한참씩 눈을 감아도 좋은
긴 노래의 뒤편 같은 올리브나무 환한 적막,
지난해의 폭설이 말라붙은

흘러내린 낙과 몇알이 보인다 내가 말한 그 말인
깊은 저녁 직전

울대 안의 가지들도 먼 길을 떠나간다

평면의 그림자

쓰레기통에서 빈 병을 주워 가는 널 바라본다
안대를 쓰고 걷는 중이어서
한쪽 눈으로 처음 바라본 너는
바닥을 내다보는 고개 숙인 인간으로 보인다

쓰레기통을 뒤지는 그림자와 팔짱을 끼고 가는
평면의 남자 그림자
목숨은 더운 대롱을 얼마나 불어 만들어지는지
빈 병처럼 깨지며 날마다 깨지며
길 끝까지 다녀온 적이 있는 듯한 그림자 인상이다

한쪽 눈으로 보는 해가 물들고
내 다른 한쪽 눈은 그림자로 채워진다
누구의 오라비라는 사실을 말하지 않고
누구의 아비로 살아간다는 고백이 없을지라도
그림자는 바닥을 내다보는 고개 숙인 인간으로 걷는다

지는 해의 현장은 이제 막 얼굴을 닦은 해의 서성거림

그림자는 한발짝도 현장을 벗어나지 않는다
거기는 입체의 기원
질척이는 깊이를 가진
흐릿한 마음의 탄생지
떨리는 현이 검붉게 번지며 놓는 모든 그림자의 혈관

자기의 동맥 속을 거슬러가는 듯이
해를 한바퀴 돈 네가 뒤돌아본다
검은 안대 뒤에 얼음쪽 같은 내가 녹고 있다

진학

종점에 차가 와 있고
차가운 화술처럼 눈이 내린다

눈이 내려 둥근 모래사장에 앉을 때
마음은 누군가의 없는 손을 못질해 박으려는 손짓으로
허우적이다 씻기었다, 누구일까

빈 꽃대에 꽃 하나가 돌아누웠다 나간 밤
마음은 혼자 쓰는 침대를 지켜보는 부엉이 눈 속으로 잠
기고, 국경검문소
다리를 통과하는 듯한 일요일이 다시 온다

죽음을 받아들이는 순간 자기 어깨에 손을 올리거나
진학(眞鶴)*이라는 마을로 다리를 뻗을 수 있는 길이 있
어야 한다
어떤 슬픔은 이미 기억으로만 갈 수 있어
날이 새면 막차가 끊기고
바다에서 이불 터는 소리가 난다

고양이 등처럼 말리는 해안선 난간으로 날아가는 눈송
이들
  이맘때쯤이면 내 몸을 지나는
  당신의 느린 길이 굽어지고 있었다

  온몸으로 서로에게 저물어가야 행복이지만
  자신의 이방(異邦)이라고 해야 할
  죽음에게마저 잊힌 채 누워
  빈 꽃대에 눈꽃 송이 하나로 올라보는
  야윈 다리의 흰 그림자

  아직은 당신이 나를 떠난 것이 아니다

* 보통열차가 서는 일본의 시골 역.

망원

노숙인 줄도 모르는 채
사람들은 기차를 탄다

두부과자 먹는 옆 좌석 노인이 내리고 나면
지구상의 일들은 이제 어떤 누구도 아닌
나의 작고 빛바랜 북을 두드리는 시간으로
붉은 구름의 희미한 맥박 속을 떠나가리라

하루라는 역을 어디선가 보았고
영원이라는 역장도 만난 적 있다
우주에서 노숙할 사람을
이 역에서 노숙할 사람에게 건네주고
기차는 떠난다

집에서 나와 집으로 돌아가는 노숙을
가르쳐준
생의 모든 간이역들

봉긋한 아픔이 고인
밥상 위에서 식은 은하를 만나듯
아득한 망원(望遠)*
나의 하루는

* 보통열차가 서는 일본의 시골 역.

막차는 떠나고

알전등 시린 역사 앞
가방을 멘 남자가 개심(改心)* 가는 기차를 기다린다
땡땡땡 되감기 버튼을 누른 듯
기차가 꺾어져 들어올 때
누가 있다는 신호를 주고받는 별들이 반짝인다

그만 가야겠다고 놀라지만
괜한 기차를 타려는 사람처럼
누군가 다른 데서 찾고 있을지 모른다는
얼굴로 그는 돌아본다
오랫동안 고향에 가지 못한 가을을 신고
기차는 개심 간다

악사를 따라가버린 새의
빈 무덤을 본 것처럼
어느 기차를 타도
달리는 기차가 고향 마을 다리를 넘어가지 않는
개심 간다

어디에선가 머리 올린 달이
막차를 탄 듯하고
때 전 손수건이라도 버릴 것이 있는 것처럼
두리번거리던 그는 기차를 탄 것처럼 보인다

개심 방향에서 첫차가 올 일은 없을지라도
막차는 떠난 것처럼 보인다

* 보통열차가 서는 일본의 시골 역.

나는 지나가야 한다

사막의 저잣거리에
이렇게 많은 맹인들이 지팡이 자국을 찍고 있는
오수(汚水) 속의 오수(午睡)

이런 날
이런 날
말라리아 후유증으로 실명한 아이들의
눈꺼풀에 흐르는 샘으로부터
꺼지지 않는 이야기를 수혈 받아본 적 있는 깨진 별똥들,
유성우 내리는 검붉은
부겐빌레아 가지 아래로
나는 지나가야 한다

아이여, 한동안 네가 나를 버리는 줄 알았다
모든 색이 다녀가 보이지 않는 색에 닿은 것 같은 거리
에서
사막으로 가지만 돌아오지 않을 가시나무새처럼

문 닫은 돌 속에서 본 것 같은 기억으로 아이들이 태어나
불이 꺼진 마른 식도를 지나
불에 탄 기도를 또
지나
더듬더듬 중앙로를 찍으며 걷고 있다

하얀 평일

나무와 나는 눈길 위에 서 있었다
새소리 떨어지는
그게 눈 아픈 흰 허공 위에서였다

희고 얇은 영혼의 어딘가 연옥을 아는 듯 파인 데가 있어
사랑을 믿었다는 말을
누구와 나눈 적 없는 새 발자국으로 남겼을까
무결한 피의 하얀 파지가 감싼 가슴께

하얗게 얼어 있을 때
검은 눈 하나씩 가지 속에 숨어
사랑은 붉은 매화 환몽을 거미줄처럼 내림받았다

죽은 가슴에 시멘트를 부은 그녀와
나는 눈길 위에 서 있었다

흰모시 수의를 걸어놓은 가지와
나뭇짐 지고 있는 그림자 위에까지

태어나지 않은 새들이 방랑했지만

포닥포닥 눈 속에서 움직이는 것들의
실연은 매번 첫번째 실연 같았다

비 오는 날, 희망을 탓했다

비바람에 벚꽃 질 때 어디에서 어디로 가든
이름을 알 수 없는 죄스러운 희망이 있는 거라는
생각을 했다

이쪽에서 저쪽까지 걸레를 밀며
비가 들이친 마루를 닦으며

희망에겐 절망이라는 유일한 선생이
있는 듯도 하여
먼 훗날 벚나무 교정을 떠나 살 때도
벌로 청소를 시키는 비가 추적추적 내리곤 할까 생각했다

교실에 남은 나를 잊어버리고 비가 내리던
하루,라는 말이 가장자리 없이 춥던 날
용서를 청하지만 용서받을 사람은 없고
모든 것을 놔둔 채 나만 탓할 수도 없는

매 순간 좀체 밝아지지 않는 그런 희망 속에

매 순간 좀체 어두워지지 않는 그런 희망이 있었다

족발 먹는 외로운 저녁

족발집 노을이란
모항 귀퉁이 족발집에서 보는 고운 노을을 말하는데
어느날 실연한 노인이 뒷걸음으로 모항에 돌아와 선창에
앉으면
각을 뜬 꼬들꼬들한 발들은
접시 위에서 귀띔해준다
더 갈 수 없을 때
노을은 바다 앞에 필 수 있다
그 노을이란 피할 수 없는 어떤 걸음
혹은 희생이라는 것, 바다에 발을 올려놓은
가장 예쁜 노을은
시궁창 속으로 가장 자주 지나간 부위라는 것
인간의 사랑 같은 것도
갈라지고 터진 발가락 같은 곳에 화두를 던진 채 캄캄한
길을 통과한다고
돼지우리에서 늘 멀미를 하며 걸었지만
나는 할 일은 다했고
어쩌면 당신을 닮은 것도 같다고

싸이드미러 속의 바다

어느 추운 날 싸이드미러는 바다를 보고 있다
바다는 전선 위에 앉은 듯 흔들리고
섬은 목이 나간 병처럼 떠 있을 때

숱한 바다무덤을 떠올리며
별자리를 본다는 생색은 쓰지 말아야지
흔들리는 중에
얼어가는 중에
몸으로 만진 예언처럼 불타는 물이 있다면
지상의 골목들에서 폭삭 상해버린
자신의 뿌리를 먼 별의 발굽에 달 수도 있잖니
일생이었을 뿐인데 침몰된 곳인
오늘을 향해 다시 예배를 시작하듯이
상한 갈대들이 물속에서 매일 그렇게 하듯이

싸이드미러로 들여다보던 누군가 바다를 떠날 때
별밤의 바다가 파랗게 싹트는 것을 알았다

길고양이 벽돌

지면에 누인 벽돌을 주워 무릎에 앉힌다
비틀린 등이 꿈틀대
야옹, 하고 말하는 것 같지만
이 붉은 벽돌의 야옹은 말보다 못 배운 자의 눈빛에 가깝다
혀에 가시 돋아
뼈에 붙은 살점을 핥아 먹지만
가시 때문에 말을 가장 적게 하는 어머니가 되었다
이제 먹다 남긴 짜장면 면발처럼 불어터진 화병은 할 게
없고
간간 피가 섞이지 않는 생리를 한다

정신이 말을 업어가는 중이라 생각하고
그 털 쓰다듬으며 울다가
떨어져나간 벽돌에 손을 베일 수 있는

침을 흘리는 벽돌
길고양이 입술에 세울 수도 쌓을 수도 없던
어둡고 뜨거운 말은 어떤 내진(耐震)의 말인지

90

고여 있다, 마지막 씻어둔 생의 피자두 한알처럼

붕괴의 얼굴

바람을 못 이겨 넘어진 나무는
바람의 미간에 환하게 맺힌 추억이 많다
비가 새는 지상에 그 숱한 버찌는 구르고 굴렀으니

나비를 좇아 어느 울음소리가 토담 골목으로 들어가듯
나무는 버찌를 찾아 쓰러진 것이다

그때 나무가 눕혀 쓴 필체는
침몰선을 찾아 내려가는 늙은 잠수부의 산소 공급관을
묶었다
머리 깨지고 귀 찢긴
버찌의 지문 어딘가에
바람은 곁눈을 깜박이며 깜박이며

같이 살았다고
같지 않은 뒤를 돌아보는 것이다
무너진 목젖 사이로 푸른 하늘을 내다보듯이

화살이 꽂힌 채 떨어진 버찌마다
연락하지 말라는 말을 한 것 같다
버찌 수만큼 골머리를 터뜨린 나무는 웃었다

우물터 돌

영원을 지나온 듯이
하늘을 봤다는 듯이

운다는 것도
웃는다는 것도 맞다

빨랫방망이로 두드려놓은
맑은 물이 놓였다

눈으로 어루만지며
나는 어루만지며

검은 치아 흰 치아를 차례로
올려놓는다

물소리,
두드리는 돌에서 난다

돌에서,

물소리 난다

어떤 배웅

눈에 매운
봄눈 송이
혀를 대자 혓바늘이 되는

간밤
무밭이 싹 쓸어다 둘렀다

눈길에서
당신을 매번 놓쳤다
날리고 쌓이고 녹는 데 들러
당신도 한번 눈송이가 되었을 나이인데

시린 발바닥을 두른 모서리 많은 영혼으로
사랑이라는 이랑들, 무밭에 흰 허공을 펼쳐놓은 모양새다

흰 눈 맞은 무청
눈꽃 송이 아래 이별의 저장고 같은
뿌리는
아삭아삭하고 매웠다

풍경은 사람이 된다
학주에게

송재학

네 시집 원고를 일별했다. '짝'이라는 이메일의 파일을 열자마자 너의 시가 좌르륵 모니터 여기저기 흩어진다. 그릇에 가득 담긴 검은콩을 바닥에 쏟는 것과 다름없다. 튀어나가는 콩을 그릇에 주워담듯 한편 한편 네 시를 읽었다. 네 첫 시집『사람』의 붉은 표지를 넘겼던 추억과 겹치면서 네 시를 읽었다. 시집『사람』은 나에게 충격적이었다고 이제 고백한다. "문방구 근처로 명랑한 선생님의 백묵처럼 눈발이 날린 뒤/도로 비가 오고 블록담을 다 돌아가지 못해/돈아나는 당신의 창"(「커어브」)이 어떻게 나에게 스며들었지? 「상처 입은 넋들을 위한 추도사」란 장석주의 해설처럼 그냥 상처이기만 했을까? 아니, 나는 너의『사람』을 그렇게 보진 않았지. 상처가 되기 전의 미정형 언어로 먼저 읽었다. 이미 상처라면, 단순히 상처의 언어라면 놀랍지 않다. 마치

.

19세기 인상파 화가들이 개발한 점묘법의 그림을 보는 것과 같았다. 인간의 눈은 서로 다른 인접한 두 색을 서로 섞인 색으로 인식한다는 점묘법의 이론이 자못 네 시의 언어와 비교할 만하다. 쇠라의 그림 「그랑드 자뜨 섬의 일요일 오후」의 제목을 나는 시집 『사람』의 행간에 적었다. "명랑한 선생님의 백묵" 같은 '눈발'에 주목한 것이 아니라, "문방구 근처로 명랑한" 수식에 나는 더 전율했다. "바다 옆에 연못이 있었습니다/갈대를 전문으로 키우고 있었지요/갈대밭에 연못이 들어간 것같이//하루살이 안에 갈대가/들어찬 것같이/나 몹시도 괴로웠습니다"(「첫 편지」, 『너무나 얇은 生의 담요』)라는 너의 아프리카 시편들을 '상처학교'라 비유한 평론가가 있듯이 너의 문장은 괴로움을 통과한 언어이자 차라리 괴로움 혹은 괴로움 이전이기도 하다. 네 괴로움은 바로 언어와 직접 연결된 직유의 괴로움이다. 그 대상은 바로 '당신'이다. '당신'은 바로 시 속 자아와 상관하는 '당신'이다. 왜 당신이 괴로운지 대하여 너는 생략하였지만 '당신'의 괴로움에 대한 세상의 간섭은 흥건하다. 괴로움이 언어이고 언어는 다시 괴로움을 잉태하므로 너의 언어들은 그곳을 벗어날 수 없는 상처의 원형이다. 심하게 훼손된 언어이지만 그 언어가 아름다운 것은 근본적으로 상처를 핥고 있는 언어이기 때문이다. 마치 짐승이 새끼들을 혀로 핥듯이, 우리에게도 언어라는 따뜻한 혀가 필요하듯이.

몸이 아프다는 이야기를 듣고 전화를 했을 때 너는 타인의 소식처럼 네 몸에 대해선 사소하게 말했다. 너는 올봄에 나올 시집 이야기만 했다. 그때 내가 떠올린 것은 너의 고흥 집 '남만(南蠻)'이다. 남만의 남다른 풍광처럼 너도 딴청을 피우는구나. 남만에는 "한참씩 눈을 감아도 좋은/긴 노래의 뒤편 같은 올리브나무 환한 적막"(「올리브나무에 스미는 저녁 직전」)에 가까운 너의 삶이 있다. 실제로 고흥에는 지중해에서 네가 가져온 올리브나무가 자라고 있다. 나는 그 올리브나무를 '고심'이라고 불렀다. 네가 있는 남만은 고흥반도에서도 가장 남쪽이다. 너의 집 당호처럼 나는 너를 남만족이라 생각했는데, 그건 마치 나 같은 동이족과 느낌이 다른 종족이기 때문이리라. 남만족은 아마도 유목민의 피가 흥건한 게 틀림없다. 항상 학주는 지금 홀로 어디 사는 걸까 궁금했다. 서울이라고 미루어 짐작했는데, 어느날 얼핏 너는 춘천 간다고 했다. 그때 저녁 같은 너의 표정은 저녁 너머의 쓸쓸함이었다. 춘천은 왜? 집이야. 그래. 춘천이란다. 몇해 뒤 다시 물어보니 벌써 춘천에서 솔거해서 다시 서울에 둥지를 틀고 있더구나. 네 방랑벽은 태생적이어서 나 같은 동이족은 고개를 절레절레 흔들기 마련이다. 서울에서 한달에 두어번 너는 그 먼 고흥반도까지 대중교통을 이용해서 내려간다. 먼 거리라는 건 그 자체에 어떤 매혹이 숨겨져 있는 것이 아닐까. 내가 알지 못하는 거리감을 너는 잘 누리고 있는 것이지만 정착민이 유목민의 심리에 접근하는 것은 쉽지 않다. 며칠 남만에서 너는 고독과 방랑벽을 달랜다. 그때 너의 고독은 방랑과 짝을 맞추고, 너의 방랑은 반드시 낭만성과 결합되어 있다고 나는 믿는다. 네가 무언가를 통해 자신을 달래고 풍경을 달래고 사물을 달래는 동안 너의 표정이 아주 묘해지는 것을 알고 있니? 나는 남만 집에 가보지 않을 수가 없었다. 대구에서 남만까지의 거리도 만만치 않지만, 너의 유목을 이해하기 위해 나는 몇번 너의 남만 집을 찾았다. 맞다. 남만에서 너는 이루 형용할 수 없는 자신만의 해안선이란 사치를 누리고 있다. 네가 남만에서 보유한 해안선은 남해의 전형적인 리아스식 해안의 일부이다. 그게 모차르트의 희유곡이라고 누군가 말했지. "집 앞에 뜬 섬들/틈을 비집고 기관차 없는 협궤가 지나"(「협궤」, 『노랑꼬리 연』)가는 앞쪽 바다에 섬들이 있는 학주의 집 앞은 어떤 간섭도 없는 학주만의 사적 해안선이다. 그러고 보니 "젖은 꽃잎이 날아 내리며 입구를 간신히 비추어주"(「능가사 벚꽃 잎」, 『노랑꼬리 연』)는 고흥의 평지사찰 능가사도 너의 해안선 영역이다. 우리가 만난 것은 "자기가 자기 무덤 할 수밖에 없는/그런 세월을 지나갔"(「무덤으로 쓰다」)을 만큼 오래되었지만, 낯가림이 심한 나로서 몇십년 동안 너와의 우정을 지탱할 수 있는 것도 순전히 네 방랑벽이 대구를 자주 오가며 편애했던 탓이다. 네 자신의 해안선이 달라졌다고 고흥에 와,라고 네가 문자를 보냈을 때 난 늘 대구에서 고흥까지의 먼 행로가 부담이었다. 하지만 네가 아프다니, 다시 그곳에 가고 싶다. 지중해 올리브 나무가 있고 위칸과 아래칸을 복도로 연결한 그 이국적 생! 그것이 멀다,라는 건 내 생각이고 너는 그곳이 피붙이처럼 가깝다고 생각한다. 너는 남만족이고 나는 동이족이다. 조곤조곤한 우리의 교류. 그건 이민족 간의 우애이다.

학주의 삶에는 '生'이라는 한자말이 맞춤하다는 생각을 오래전부터 했다. 너의 생이 만지고 접촉하는 모든 사물은 너의 감정적 쏠림을 받는다. 학주만큼 '生'을 사랑하고 '生'이란 글자를 자주 어루만졌던 시인이 있을까. "한사람의 젖어가는 눈동자를/한사람이 어떻게 떠올리는지 모르지만/사람들은 사랑한다고 말한다"(「얼어붙은 시」)라고 네가 노래할 때 나는 짐작한다. 너에게 논리란 무의미하다는 걸. 너에게 사랑이 가장 중요한 삶의 방식이란 것도. 예컨대 너는 풍경에서 사람의 감정을 읽어낸다. 사람에게서 사람을 읽어내는 것과 다름이 없다. "두고 온 것이 없는 그곳을 향해 마냥 걸으며/나는 비로소 나와 멀어질 수 있을 것 같다/너에게로 가는 길을 찾을 수 있을 것 같다"(「겨울 여행자」)라고 네가 말할 때, "비로소 나와 멀어"지는 '나'는 "너에게로 가는 길"의 '너'와 동일한 감정이다. 모든 풍경은 너에게 와서 사람이거나 사람의 희로애락이 된다.

너에게 시란 무엇인가? 따져보니 나에게 시란 무엇인가, 라는 질문에 나는 대답하지 못했다. 어떤 명쾌한 해답도 준비하지 못했지만 밤새워 속삭일 시작 노트가 나에게 있긴 하다. 제한적이긴 하지만 내 시가 사물과 풍경에 대한 시선 혹은 사물과 풍경에서 되돌아온 어떤 시선일 거라는 중얼거림을 되풀이해볼 수는 있겠지만, "아직 한번도 못 본/한 사람을 위해 유랑하고 있는/시여"(「백야」)라고 너는 대답했다. 그 말이 가슴에 닿아 먹먹하다. 그건 떠도는 자가 낡은 패스포트의 행간에 적는 메모이겠지.

촘롱은 네팔의 안나푸르나 트레킹 코스의 어느 지점이다. 마차푸차레의 만년설이 잘 보이는 해발 1950미터의 고지이다. 그곳까지 며칠의 여정 동안 너와 나는 로지의 같은 방을 사용했다. 너는 조용히 잠을 잤다. 잠자리를 옮기면 뒤척이며 힘들어하는 나와 달리 너는 다디달게 잠을 잔다. 하지만 난드룩에서의 첫날밤처럼 내가 네팔의 밤을 어떤 이유로 못 견뎌 하면서 자리에서 일어날 때, 문득 너의 낮은 목소리가 옆에서 들렸다. 왜 잠이 안 와? 그렇게 낮은 목소리가 있었구나. 담푸스에서 촘롱까지의 트레킹은 겨우 이박 삼일의 간이 코스. 일주일에 한번 몇시간짜리 등산을 줄기차게 해온 나와 달리 너는 타고난 건강만으로 돌아다니는 사람이기에 평생 처음인 이 트레킹이 힘에 부친다고 했다. 그런데 네 표정은 짜증이 없다. 저음의 양감이 풍부한

네 목소리는 고음의 영역을 못 낼 어떤 이유가 있을 것이다. 그게 상처가 있는 사람의 목소리라고 나는 생각한다. 가령 "자전거로 들어가면 길은 조용히 죽지를 내리고" "지금 장갑처럼 참회를 꼭 끼고 여관 창에서 보니" "숯같이 피는 슬픔의 분교에서" "보안등 불빛이 어금니처럼 창고를 물고 있는 빗속으로" 등의 옛 시집에 나오는 낯설게 보이는 발화들은 모두 상처와 다른 무엇, 특히 감정과의 어떤 결합이다. 원관념과 보조관념의 결합이 기존의 어법과는 판이하다. 시집 『사람』 이래로 너의 시편들은 그렇게 절절했다. 너의 언어가 결합시킨 시어들은 아직 우리 시가 제대로 경험하지 못한 날것의 체험이라고 나는 믿는다.

너의 아프리카를 말하지 않을 수 없구나. 네가 아프리카에 바친 애정을 나는 소문으로 또는 직접 목도했다. 시집 『너무나 얇은 生의 담요』에서도 그러했지만 너의 아프리카는 "바람은 새의 날개뼈를 통과하며 깃발처럼" 우는 곳이다. 또한 "보내는 마음이 보내는 마음으로 보일 때까지/가지에서 찢어지" (「보내는 마음」)는 곳이기에 아프리카에 바치는 너의 사랑이 담담하고 당연하게 보인다. 네가 세운 아프리카의 학교 아이들과 네가 도운 아프리카 시인들의 시집 또한 가슴에 닿아 먹먹하다. 그렇기에 네가 「짝」에서 "저마다 감은사를 가진/세상에 나간 적 없는 바깥을 아득한 거리로 펼친/동탑과 서탑을 실로 묶으며 나는 돌았다"

라고 말한 사랑법에 동의하지 않을 수 없다. 그 사랑은 마치 "빨랫방망이로 두드려놓은/맑은 물"(「우물터 돌」)처럼 순결한 생의 현현이라는 데에도 동의하지 않을 수 없다. 너의 병의 원인이 아프리카의 먼지라는 데 고개를 끄떡이지 않을 수 없다.

아주 오래전, 너는 강진에 터를 잡고 조금 살았다. 어디서든지 너는 조금 살지만 그때도 놀러와,라고 전화를 했다. 네가 지은 낮은 지붕의 집은 바다의 낮은 수면과 썩 어울렸다. 바다와 같은 높이의 느낌을 주는 집은 편안해 보였고 지붕이 낮은 집은 착해 보였다. 하지만 나는 너의 끔찍한 노역을 보았기 때문에 돌담장을 외면했다. 수만번의 너의 손길이 닿았을 그 돌담장은 수만개의 돌로 엮어져 있었다. 수만날의 수고를 너는 달게 즐기는 게 분명하다. "죽은 가슴에 시멘트를 부은 그녀"(「하얀 평일」)처럼 고통과 상처를 수용하는 법에 너는 익숙하지. 이제 이렇게 기억을 더듬자니 학주라는 내 친구의 비의(秘義)가 궁금하거니와 그 비의가 이번 시집의 정체성이 아닐까, 곰곰 생각한다. 향념.

宋在學 | 시인

　당신을 사랑하지 않았다면 쓸 수 없었을 것이고, 몹시 쓰고 싶지 않았으면 여기까지 못 왔을 것이다. 얼마나 왔으며 얼마나 더 갈 수 있을까. 아무 그림도 그려지지 않는데, 눈밭을 걷는 당신들이 보인다.

2014년 3월
황학주

창비시선 372

사랑할 때와 죽을 때

초판 1쇄 발행/2014년 3월 20일
초판 4쇄 발행/2015년 12월 23일

지은이/황학주
펴낸이/강일우
책임편집/이상술
펴낸곳/(주)창비
등록/1986년 8월 5일 제85호
주소/10881 경기도 파주시 회동길 184
전화/031-955-3333
팩시밀리/영업 031-955-3399 편집 031-955-3400
홈페이지/www.changbi.com
전자우편/lit@changbi.com

ⓒ 황학주 2014
ISBN 978-89-364-2372-8 03810